ResumenExpress.com

El vizconde partido

de Italo Calvino

GUÍA DE LECTURA

Escrita por Marion Munier
Traducida por Juan Lopez

El vizconde partido

de Italo Calvino

ITALO CALVINO

ESCRITOR, FILÓSOFO Y PERIODISTA ITALIANO

- **Nacido en 1923 en Santiago de Las Vegas (Cuba)**
- **Fallecido en 1985 en Siena (Italia)**
- **Algunas de sus obras:**
  - *El rastro del nido de la araña* (1947), novela
  - *Marcovaldo o Estaciones en la ciudad* (1958 y 1963), novela
  - *El castillo de los destinos cruzados* (1973), relatos cortos

Italo Calvino tenía dos años cuando su familia se marchó de Cuba a Italia, el país de origen de sus padres. Allí recibió una educación antifascista. Durante la Segunda Guerra Mundial (1939-1945), luchó en la resistencia italiana, experiencia que nutrió su primera novela, *El camino de los nidos de araña*. Mientras seguía su carrera como periodista, continuó escribiendo.

Obtuvo reconocimiento público en la década de 1950 con la publicación de su trilogía de relatos *Nos ancêtres*. En 1960 se trasladó a París y, a petición de Raymond Queneau (escritor francés, 1903-1976), se unió en 1974 a OuLiPo (OUvroir de LIttérature POtentielle), que reunía a autores experimentales. Sigue publicando numerosas obras, entre ellas *Les Villes invisibles* en 1972. Su imaginación, lucidez y humor hacen de él un autor para jóvenes y mayores, y uno de los escritores más libres de su tiempo.

EL VIZCONDE PARTIDO

UNA VISIÓN ALEGÓRICA DE LA CONDICIÓN HUMANA

- **Género:** Cuentos

- **Edición de referencia:** *Le Vicomte pourfendu*, traducido del italiano por Juliette Bertrand, París, Albin Michel, serie «Le Livre de Poche», 1955, 123 p.

- **1ª edición:** 1952

- **Temas :** dualidad, bondad, crueldad, humor, fantasía, maravilla, guerra

Le Vicomte pourfendu es el primer libro de la trilogía *Nos ancêtres*, que incluye también *Le Baron perché* (1957) y *Le Chevalier inexistant* (1959). Estas tres fábulas ofrecen una visión alegórica de la condición humana.

Le Vicomte pourfendu (*El vizconde partido*) narra la vida del vizconde Médard, cortado en dos verticalmente por una bala de cañón. Desde entonces, cada parte de su cuerpo vive de forma independiente: la derecha es mala y trae la desgracia a su pueblo, mientras que la izquierda es buena y sólo hace el bien. Con ello, Italo Calvino ilustra la complejidad del ser humano y demuestra que la bondad y la crueldad, llevadas al extremo, son igualmente inhumanas.

RESUMEN

LA MITAD EQUIVOCADA

El vizconde Medard de Terralba va a la guerra contra los turcos con su escudero, Kurt. Aunque Kurt le explica los desastres del campo de batalla, el teniente Medard está ansioso por luchar. Pero en una violenta batalla, Kurt resulta herido, mientras que el vizconde recibe una bala de cañón que lo parte por la mitad verticalmente.

Cuando regresa, los aldeanos descubren que ha perdido el lado izquierdo de su cuerpo. Algo ha cambiado en él, y el vizconde se niega a visitar a su padre, el viejo Aiulphe, que le envía su pájaro favorito para establecer contacto: Médard tortura al animal y lo corta en dos. Al día siguiente, el patriarca aparece muerto en su pajarera.

Los aldeanos pronto descubren que el vizconde lo corta todo por la mitad: fruta, plantas y animales. Incluso le da a su sobrino (hijo de su hermana nacido fuera del matrimonio) mitades de setas venenosas para fricasar, lo que hace decir a su vieja nodriza, Sébastienne, que "es la mitad mala de Médard la que ha vuelto" (p. 29). Posteriormente, esta parte del vizconde no cesa de intentar matar a su sobrino, en particular mediante el contrabando de una pasarela de madera.

El vizconde, que preside un juicio contra bandoleros, se vuelve tiránico y decide que tanto los acusados como las víctimas sean ahorcados. Además, fingiendo querer ayudar a ^{la doctora} Trelawney, que ha abandonado la medicina para interesarse por los insectos y los ammonites, Médard manda ejecutar a unos campesinos: de este modo, podrá llenar el cementerio y provocar así a los duendecillos que el científico está estudiando.

El vizconde tiene ahora un fetiche con el fuego y provoca incendios por todas partes, matando a veces a campesinos. Incluso prendió fuego a parte de su propio castillo: su nodriza resultó herida, pero él alegó que sus quemaduras eran síntomas de lepra. Incapaz de soportar sus críticas, decide deshacerse de la anciana y la envía a Préchampignon, el lugar donde los enfermos de lepra pasan el tiempo tocando instrumentos musicales.

El sobrino de Médard, decepcionado con la ^{doctora} Trelawney – que se negó a examinar a Sébastienne –, decide acercarse a una familia de hugonotes (protestantes calvinistas) de Francia y entabla amistad con Esaú, un joven fascinado por el pecado. Los hugonotes vigilan de cerca su casa para preservarla de la locura incendiaria del vizconde.

Un día, durante una violenta tormenta, acude a solicitar su hospitalidad; intenta sobornarlos y atraerlos al castillo, pero los hugonotes se niegan. Agobiado, Médard se marcha, amenazándoles. Cuando el sobrino de Médard va a Préchampignon a buscar a Sébastienne, descubre que los leprosos se entregan a orgías; la enfermera se lo lleva y le da una cura para la enfermedad.

LOS BUENOS Y LOS MALOS REUNIDOS

Como el vizconde Médard considera que ser la mitad de sí mismo le permite comprender y sentir mejor las cosas (p. 60), decide enamorarse, seguro de que en casa "esta pasión será sin duda magnífica y terrible" (p. 61).

Pone sus ojos en Pamela, una pastorcilla, a la que da cita. Ella va, pero se niega a seguirle hasta el castillo, donde él quiere encerrarla. Médard amenaza a sus padres, que ceden y están dispuestos a entregar a su hija. Para escapar del vizconde, Pamela decide esconderse en una cueva del bosque con un pato y una cabra.

Al día siguiente, el vizconde salva a su sobrino de morir ahogado y, para protegerlo, es mordido en su lugar por una araña venenosa. El joven se sorprende de que Médard no vaya vestido como de costumbre y de que sea amable. En busca de una hierba para curar la picadura, va a casa de Sébastienne, pero cuando se reencuentra con su tío, se equivoca de medio a medio. Angustiado, el joven cuenta sus aventuras a la doctora Trelawney, que parece creer que no se trata del mismo vizconde, pero no dice nada más. La dualidad de Medard se confirma más tarde: alterna acciones buenas y malas a través de sus dos mitades.

Cuando Pamela conoce al vizconde, ella también comprende que tiene una doble personalidad: "El vizconde que vive en el castillo, el malvado, es una mitad. Usted es la otra mitad, que se creía desaparecida en la guerra y que ha regresado. (p. 87) La mitad buena de Médard cuenta cómo dos ermitaños le encontraron en el campo de batalla y le curaron. Cuando Pamela le revela que su mitad mala la persigue y aterroriza a toda la región con su barbarie, la mitad buena del vizconde le confiesa su amor por ella.

Cada vez que visita a los pacientes, el médico – acompañado por el sobrino de Médard – se da cuenta de que el buen vizconde le ha precedido hasta allí; ve la marca dejada por éste en el exterior de la casa, que le informa del problema del paciente. Pero su mitad malvada, apodada el Desdichado, nunca deja de aparecer y sembrar el mal. Sin embargo, el Bueno sigue haciendo el bien, tarea en la que Pamela le ayuda, mientras el Desdichado intenta, en vano, matarle.

El Hombre Bueno pide al carpintero Pierreclou que cree dispositivos que se activen con la bondad y no con la maldad, pero el carpintero no llega a ninguna parte. Sus secuaces sugieren entonces a Le Bon que ataque al Desdichado en su lugar, pero éste se niega. Mientras tanto, el carpintero construye una horca "para ser colgado de perfil" (p. 105), que el Desdichado ha encargado para él.

Sólo que el viejo Sebastián no aprecia el Bien: le culpa de las malas acciones de su otra mitad. Además, según ella, al querer hacer el bien, a veces causa el mal. Por ejemplo, sermonea constantemente a los leprosos que, al no encontrar consuelo, se ven privados de la música y el desenfreno por su culpa y se hunden en la desesperación. Otras personas se acercan poco a poco a la opinión de la enfermera y empiezan a criticar el Bien, creyendo que "de las dos mitades, la buena es peor que la mala" (p. 110).

Mientras tanto, las dos partes del vizconde piden la mano de Pamela a sus padres: el Bon quiere sacrificarse para que ella se case con el Infortuné, el Infortuné para que ella se case con el Bon, y así poder reclamarla como legítima esposa. La joven decide casarse con el Bueno, pero entonces el Desdichado hace valer sus derechos.

Las dos mitades de Medard discuten y se baten en duelo, durante el cual sus cicatrices se abren. Sin embargo, la Dra. Trelawney consigue coser las dos mitades y curarlas. Medard se convierte en la misma persona que era antes de la guerra: ni bueno ni malo. Tras ello, el médico zarpa de vuelta al barco del capitán Cook, dejando solo al sobrino del vizconde.

ESTUDIOS DE CARÁCTER

VIZCONDE MEDARD DE TERRALBA

El joven Medardque,

No se da ninguna descripción física del vizconde Medard; sólo sabemos que es joven cuando va a la guerra. Su inocencia le ciega, y está ansioso por luchar mientras le rodean la muerte, el sufrimiento y la consternación. Su intrepidez le hace ignorar el peligro hasta que es cortado por la mitad por un cañonazo.

Lo bueno y lo malo

El Desdichado – la mitad derecha – tortura animales y seres humanos. Es cruel y le gusta hacer sufrir a la gente. Según él, "la belleza, la sabiduría y la justicia sólo existen en lo que se hace pedazos" (p. 60). Su salvajismo es gratuito, pero parece sensible a cierta estética del sufrimiento, de ahí la construcción de horcas que obligan a todos a admirar su belleza e ingenio.

Su intento de convertir a los hugonotes en sus aliados, convirtiéndose a su fe, es sólo una oportunidad para considerar una guerra contra los príncipes católicos. Pero la integridad de los protestantes es más fuerte que él y su amenaza de denunciar su presencia a la Inquisición. El Desdichado abandona su casa, furioso. Un rayo cae cerca, sin duda enviado por el diablo, pues el árbol alcanzado está medio carbonizado de pies a cabeza.

El hombre bueno – la mitad izquierda – parece querer hacer sólo el bien, pero los aldeanos pronto descubren la ambigüedad de este planteamiento. De hecho, a menudo provoca el mal a fuerza de su virtud: por ejemplo, aparta a los leprosos de sus placeres (música y libertinaje), lo que les lleva a la desesperación.

El vizconde rearmado

Una vez restablecido, el vizconde "volvió a ser un hombre entero, ni malo ni bueno, mezclado de bondad y maldad, es decir, un ser que no difería en apariencia de lo que había sido antes de ser abatido" (p. 121). Después vive feliz con Pamela y tiene muchos hijos.

En *El vizconde hendido*, la disociación de Medard remite a *El extraño caso del* Dr. *Jekyll y el Sr. Hyde* (1886), de Robert Louis Stevenson (escritor escocés, 1850-1894). Pero la comparación termina con el tema de la dualidad, porque la metamorfosis de Jekyll (el bueno) en Hyde (el criminal) acaba por dar la supremacía a este último en una historia de fantasía, con el horror añadido.

EL NARRADOR

Se desconoce el nombre del narrador. Sabemos que es sobrino del vizconde, hijo – nacido fuera del matrimonio – de su hermana y de un cazador furtivo. Huérfano, parece que fue acogido de niño por su abuelo y criado por la nodriza Sébastienne. Vive en una cabaña en el bosque y se enamora de la Dra. Trelawney, luego de los hugonotes y finalmente de Pamela, la pastora. Cuando el médico se marcha, se queda solo y triste. Tiene 7 u 8 años al principio de la historia y llega a la adolescencia al final.

Sus ganas de contar historias se frustran cuando la situación en el señorío vuelve a la normalidad. Así que se retira al bosque e imagina historias sólo para él; es su forma de sublimar la realidad.

Dra. TRELAWNEY

La Dra. Trelawney recorrió los océanos en el barco del capitán James Cook (navegante británico, 1728-1779). El nombre del personaje está tomado de una novela de aventuras, *La isla del tesoro* (1883), de R. L. Stevenson.

Al principio de la historia, no cura a nadie, sino que se interesa más bien por las plantas, las piedras y los duendecillos. Poco a poco vuelve a la medicina y se interesa por el caso del vizconde, que finalmente consigue recomponer ensamblando las dos mitades. Al final de la historia zarpa de nuevo.

PAMELA

Pamela es una joven pastora que puede comunicarse con los animales. Ambas partes del vizconde se enamoran de ella. Valiente y decidida, resiste los asaltos de la

Desdichada, pero parece sentir predilección por la Buena.

Decepcionada por sus padres, que quieren abandonarla al Desdichado, se marcha a vivir al bosque. Pero al final del cuento, acaba casándose con el vizconde. Se regocija de su rearmado y exclama: "Por fin tendré un marido con todos sus atributos". (p. 121)

De baja extracción, sin protección – ni siquiera la de sus padres, que han optado por la obediencia a los deseos del vizconde –, la joven sabe defender su virtud y resistir a quien todos temen, aunque eso signifique optar por vivir en el bosque hasta que las cosas se calmen.

Inteligentemente, no deja pasar esta propuesta de matrimonio que cambiaría su vida. Así que se dirige a cada una de las mitades, ya que hay mitades, para dar su consentimiento. Se podría decir que sabe instintivamente lo que tiene que hacer; su planteamiento provocará el duelo (lo bueno contra lo malo) del que saldrá ¡un marido completo!

En otras palabras, en *Le Vicomte pourfendu*, la mujer – o el amor – reconcilia a las partes. Al igual que la criatura retratada por Samuel Richardson (escritor inglés, 1689-1761) en *Pamela o la virtud recompensada* (1740), la Pamela de Italo Calvino logra un exitoso ascenso social.

SÉBASTIENNE

Sébastienne es la vieja enfermera que crió al vizconde. Es sobre todo la única que se le opone. La envía a vivir con los leprosos después de intentar matarla en un incendio. Condena las dos partes del vizconde, porque para ella ninguna corresponde al niño – y más tarde al joven – de quien se hizo cargo antes de la guerra y a quien considera su hijo. Es la primera en advertir a los demás: "Es la mitad equivocada de Medard la que ha vuelto". (p. 29)

Como testigo de lo que ha sido y ya no será, Sébastienne se convierte en una presencia insoportable para Médard, y que, además, le reprocha: "[La lepra] no es nada, hijo mío, comparado con el mal que te espera en el infierno si no te arrepientes". (p. 45) Por eso quiere que desaparezca esta figura emocional.

MAESTRO PIERRECLOU

Maitre Pierreclou, guarnicionero y carpintero, carece de valor y es infeliz por ello. Pone su arte al servicio del mal, aunque le gustaría aplicar su pasión por los mecanismos a la construcción de máquinas dedicadas a algo que no sea ahorcar a la gente. En lugar de oponerse a las órdenes del Desdichado, redobla el ingenio en sus sistemas para maravillarse él mismo y conseguir así ocultar su uso. Un buen ejemplo de no resistirse a la tiranía – o de aceptarla – que contrasta con el de Sebastián.

CLAVES DE LECTURA

¿UNA HISTORIA FANTÁSTICA O MARAVILLOSA?

Tzvetan Todorov (teórico de la literatura, crítico literario francés de origen búlgaro, 1939-2017) define lo fantástico como "la vacilación que experimenta un ser que sólo conoce las leyes naturales ante un acontecimiento aparentemente sobrenatural" (TODOROV T, *Introduction à la littérature fantastique*, París, Seuil, 1970, p. 51). En otras palabras, se producen elementos inexplicables, y es difícil valorar si son reales o sobrenaturales: ¿son una pura ilusión de los sentidos, una creación de la imaginación en un universo ordinario, o tienen lugar realmente en un mundo que, por tanto, transgrede las leyes naturales tal y como las conocemos?

A primera vista, *El vizconde desollado*, de Italo Calvino, no parece responder a los criterios de Todorov: en efecto, a través de su discurso, el narrador no deja lugar a dudas sobre la realidad de los acontecimientos. Desde el primer capítulo y a lo largo de toda la historia, los elementos sobrenaturales que aparecen parecen completamente normales a los personajes. Por ejemplo, las cigüeñas devoran cadáveres ("[Se] alimentan de carne humana", replica el escudero, "ahora que el hambre ha vuelto árido el campo y la sequía ha secado los ríos", p. 6), y las cortesanas están infestadas de escorpiones y lagartos, lo que no es de extrañar.

Del mismo modo, aunque la llegada del vizconde al pueblo aterroriza a los habitantes, éstos parecen dar por sentado su estado - está reducido a la mitad de sí mismo - y no cuestionan las razones de su supervivencia. Todos aceptan que un ser cortado en dos pueda vivir; más tarde, su reensamblaje no parece más complicado. El narrador explica: "El médico había tenido cuidado de emparejar todas las vísceras y arterias de ambos lados". (p. 120) La operación, que dura apenas media hora, restablece la integridad física del vizconde y, de nuevo, nadie se sorprende.

Esta acumulación de hechos irreales aceptados por los personajes del relato bascula así la historia hacia el género maravilloso. A diferencia de lo fantástico, este último se caracteriza por la irrupción de hechos sobrenaturales que se aceptan dentro del mundo representado: es el mundo de la magia y el encantamiento.

Sin embargo, si tenemos en cuenta que el narrador sólo tiene unos diez años, esto podría explicar el tinte sobrenatural de esta historia y la impresión de ingenuidad que se desprende. De hecho, desde las primeras líneas de Le *Vicomte pourfendu*, nos enteramos de que el narrador es en realidad el sobrino del protagonista de la historia, narrada en primera persona del singular: "Estábamos en guerra con los turcos. El vizconde Medard Mde Terralba, mi tío, cabalgaba por las llanuras de Bohemia". (p. 5)

Pero mientras que los dos primeros capítulos relatan acontecimientos que tuvieron lugar en el campo de batalla, y el narrador transcribe con precisión las conversaciones entre el vizconde y su escudero, al principio del tercer capítulo descubrimos que no estaba presente. Cuenta: "Tenía siete u ocho años cuando mi tío regresó a Terralba. (p. 19)

Entre lo maravilloso y lo fantástico, el lector puede entonces dudar: ¿la irrealidad del relato no procede de la imaginación y la ingenuidad del niño que ha transcrito con fantasía hechos explicables para los adultos? ¿La maravilla es realmente omnipresente o el niño está distorsionando lo que ha vivido? Al final de la historia, cuando todo vuelve a la normalidad, ¿no dice, triste y ocioso:

> *"[Todavía] me escondía en el bosque entre las raíces de los árboles altos para contarme historias. Una aguja de pino podía representar para mí un caballero, una dama o un bufón; la agitaba ante mis ojos y un sinfín de historias me entusiasmaban. Luego me sonrojaba ante estas cavilaciones y salía corriendo. (p. 122)*

Confiesa así su afición a fabricar, y se siente casi culpable por ello. Podríamos ver también en esta confesión – el mismo procedimiento se utiliza en *El barón* encaramado – ¡una faceta del autor que se ríe de sí mismo por haber inventado una historia tan extraordinaria!

En definitiva, resulta difícil definir el estatus del texto, que depende del punto de vista adoptado por el lector:

• o el segundo acepta todos los elementos como verosímiles, y el texto es una maravilla;

- o duda de la veracidad de la historia y encuentra una explicación en la juventud del narrador: la experiencia de lectura es entonces fantástica.

UN CUENTO FILOSÓFICO

La cuestión del bien y del mal

Desde las primeras líneas, los protagonistas, el vizconde Medard y su escudero Kurt, recuerdan (y hacen pastiche con) otra pareja literaria de la España del siglo XVII, el caballero Don Quijote y su fiel Sancho Panza (*El ingenioso hidalgo Don Quijote de la Mancha*, publicado en dos partes, 1605 y 1615) de Miguel de Cervantes (novelista, poeta y dramaturgo español, 1547-1616). El vizconde está entusiasmado por ir a luchar por los cristianos contra los turcos, y es cómicamente ingenuo sobre las realidades de la guerra. Afortunadamente, su escudero está allí para responder a todas sus preguntas:

> De vez en cuando hay un dedo señalando el camino", preguntó mi tío Medard. ¿Qué significa eso?
>
> – ¡Que Dios les perdone! Los vivos cortaban los dedos de los muertos para coger sus anillos. (p. 8)

Luego, muy rápidamente, tras el asalto que parte en dos al vizconde, la historia adquiere un carácter maravilloso, contada desde el punto de vista del narrador, el joven sobrino de Médard. Esta mitad del hombre intriga al lector; pero cuando comprende que se trata de la encarnación del mal, la historia se vuelve más inquietante. Y cuando finalmente aparece la otra mitad, la encarnación del bien, la historia toma un giro moral que le confiere su función didáctica y su dimensión filosófica según el modelo de *Cándido o el optimismo* (1759) de Voltaire (escritor y filósofo de la Ilustración, 1694-1778), maestro del cuento filosófico, o de *Jacques le Fataliste et son maître* (1796) de Denis Diderot (enciclopedista y filósofo de la Ilustración, 1713-1784).

Tanto el mal, por un lado, como el bien, por otro, ejercen una tiranía que no conviene a la buena marcha del mundo. Es fácil comprender cómo, en lo que concierne al mal, la acción del bueno de Medard está viciada por un exceso de ingenuidad, de buenos sentimientos y de moral practicada sin matices:

- Al plan de los conspiradores que quieren "masacrar" (p. 106) al tirano, el buen Médard sustituye el de ofrecerle un ungüento. Como resultado, "el vizconde los condenó a la horca" (p. 107);

- A los leprosos, les quita los placeres licenciosos que les hacían olvidar su condición, haciéndoles decir que "de las dos mitades, la buena es peor que la mala" (p. 110);

- En cuanto a los hugonotes, dedicados al trabajo duro, no entienden su exhortación a dar a los más pobres. "Hacer caridad, hermano mío [dice uno de los hugonotes] no significa perder en precios". (p. 100)

Y así concluye el narrador: "Nos sentíamos como perdidos entre una virtud y una perversidad igualmente inhumanas" (p. 110), mientras que el ser humano se compone de ambas. En el final feliz, la reunión final de las dos mitades forma un hombre entero, y sin duda uno mejor después de esta experiencia. Sin embargo, "no basta con tener un vizconde completo para que el mundo entero esté completo" (p. 122) porque, parece sugerir Italo Calvino, la perfección no es de este mundo...

La dualidad del ser

Le Vicomte pourfendu (El Vizconde dividido) cuenta la historia de cómo un hombre cortado en dos por una bala de cañón se convierte en un doble literal: una parte de su cuerpo encarna la bondad, mientras que la otra representa la maldad. Con ello, el autor describe un mundo en el que, cuando reina la bondad o la maldad, la vida es imposible, porque es inhumana; sobre todo, inicia una reflexión sobre la naturaleza humana, que es fundamentalmente dual.

Es interesante observar que, incluso antes de ser herido, el carácter del joven ya es ambiguo. Su relación con la guerra manifiesta esta dualidad: se alegra de ir a la guerra y de haber matado al primer turco – en esto se le puede considerar malvado –, pero en el contexto de las guerras otomanas en Europa (entre los siglos XIV y XVIII), matar a un no católico se sigue considerando un acto salvífico.

El hecho de la guerra que mutila al vizconde es contestado por el duelo que enfrenta a las dos mitades el día de la boda con Pamela. Si nos remitimos a una temprana etimología latina de "duelo", *duellum*, forma arcaica de "guerra", este enfrentamiento puede leerse como una lucha que une (las dos mitades del vizconde) y conduce a un bien, por oposición a la guerra que separa y destruye.

Y si nos referimos más bien al *dualis*, a la noción de "dos", el duelo también puede interpretarse como la prueba indispensable por la que debe pasar el vizconde para recuperar su integridad, una lucha distinta a la del campo de batalla: una lucha contra sí mismo para recuperar lo que realmente es, un hombre con su lado bueno y su lado malo.

UNA HISTORIA DE INICIACIÓN

Hacia la plenitud del héroe

A diferencia del relato de aprendizaje, el relato de iniciación implica la "transformación íntima de la personalidad, presentada de forma más simbólica que realista, con el descubrimiento de nuevos valores, a menudo acompañados de sufrimiento" («Les récits initiatiques», en cndp.fr). («Les récits initiatiques», en *cndp.fr*) En esta línea, podemos leer, entre otras, novelas como *Vendredi ou la Vie sauvage* (1971) de Michel Tournier (escritor francés, 1924-2016) y *L'Île mystérieuse* (1874) de Jules Verne (escritor francés, 1828-1905).

Más allá del bien y del mal, podemos reflexionar sobre lo que dice el propio Italo Calvino a propósito de El *vizconde trenzado*, que puede llevarnos a considerar este relato como una historia iniciática: para el autor, se trata en efecto de poner en escena una "aspiración a una plenitud [de uno mismo] más allá de las mutilaciones impuestas por la sociedad" (citado en FUSCO M., "¿Un arbre généalogique?", en *Europa*, n° 815, marzo de 1997, p. 32).

Así, el vizconde Medard de Terralba, que al principio del relato está "en su primera juventud, edad en la que los sentimientos sólo tienen un impulso confuso en el que el bien y el mal aún no se distinguen" (p. 6), se convierte, al final de su viaje, en ese "hombre entero, ni malo ni bueno, mezclado de bondad y maldad, es decir, un ser que no difiere, en apariencia, de lo que había sido antes de ser asesinado". Pero tenía experiencia de las dos mitades juntas: así que debía de ser sabio. (p. 121)

De hecho, cuando sólo es malo, su juicio está distorsionado, y le dice a su sobrino, por ejemplo: "Y tú también querrás que todo se desgarre a tu imagen y semejanza, porque la belleza, la sabiduría y la justicia sólo existen en lo que se desgarra". (p. 60) Cuando sólo es bueno, descubre la fraternidad que le une a personas enteras, pero las percibe como seres incompletos.

De ahí su compasión: "No soy yo sola, Pamela, la que está desgarrada y destrozada, sino tú también, todos nosotros". (p. 89) Pero una vez que la distinción entre el bien y el mal está claramente establecida en su mente, el vizconde puede volver a una vida normal, donde la felicidad íntima es posible formando una familia.

El aprendizaje del narrador

En *El vizconde hendido*, esta búsqueda de sí mismo tampoco es ajena al joven sobrino. Tiene siete u ocho años al principio de la historia y es un adolescente al final; es testigo y relator de la experiencia iniciática del vizconde, a través de la cual su propia vida se ve amenazada varias veces (en el episodio de las setas venenosas [p. 29], en el de la pasarela [p. 36] y en el de la pesca [p. 60]). Como narrador, es él quien extrae la moraleja de estos episodios. Sin embargo, a primera vista, no parece poder florecer: "Yo, solo, en medio de este fervor de integridad, me sentía cada vez más solo y falto. A veces uno se cree incompleto por el mero hecho de ser joven" (p. 122), añade.

¿Se trata de una broma del autor, que no quiere terminar con una nota optimista, porque nada es perfecto? ¿O un deseo de representarse a sí mismo en este personaje que, una vez terminada esta historia, no tiene nada más que decir, aunque su razón de ser sea indefectiblemente contar otras historias? Al final del día (del cuento), si el joven ha hecho un aprendizaje, tal vez sea el del narrador: "Había llegado al umbral de la adolescencia y seguía escondiéndome en el bosque entre las raíces de los grandes árboles para contarme historias. [...] un sinfín de historias me entusiasmaron. (p. 122) Este parece ser su papel: solo le queda asumirlo para otras historias venideras.

UNA OBRA DE HUMOR

Italo Calvino "señala [...] que comenzó este libro en 1951, es decir, en un momento en que la euforia del final de la [Segunda Guerra Mundial] ya había dado paso a las tensiones, tanto internas como externas, que volvían a pesar por doquier [la Guerra Fría, 1945-1990]". (FUSCO M., "¿Un árbol genealógico?", p. 30). Sin embargo, *Le Vicomte pourfendu* es una obra en la que el humor desempeña un papel predominante. El autor utiliza diferentes procedimientos para pintar un mundo violento y cruel de forma distanciada:

- **la metáfora se hace real. Por** ejemplo, el primer soldado que el vizconde y su escudero encuentran en el campo de batalla se queja de "echar raíces" (p. 9), aunque esté cubierto de musgo y moho;

- **hipérbole.** Los personajes y los hechos se describen en exceso. Por ejemplo, las cortesanas del campamento están plagadas de bestias y "ya no sólo están cubiertas de garrapatas, chinches y cangrejos; escorpiones y lagartos verdes hacen sus nidos en ellas". (*Del* mismo modo, el médico utiliza nada menos que "un kilómetro y medio de cinta adhesiva" (p. 120) para ensamblar las dos mitades del vizconde;

- **ironía.** El autor describe un mundo desfasado de lo que debería ser y juega con las apariencias. Así, el hijo del hugonote se entrega a todo tipo de pecados, Sébastienne, la enfermera, demuestra ser mejor médico que el doctor, que se queda petrificado ante los enfermos, y la horca del señorito Pierreclou se convierte en una obra de arte que todos llegan a lamentar cuando es retirada;

- **humor macabro.** En varias ocasiones, el autor desvía lo macabro de las descripciones o de los hechos con toques de humor. En el campo de batalla, por ejemplo, los dedos cortados señalan a los personajes la dirección correcta, y las cigüeñas sustituyen a los buitres a la hora de devorar los cadáveres.

De este modo, *El vizconde trenzado* puede ponerse en manos de un público joven que, a la manera del sobrino-narrador, se acercará a ella desde un punto de vista maravilloso, se entretendrá con las aventuras vividas por los personajes y quizá aprenda algo moral de ellas.

Le Vicomte pourfendu tiene la capacidad de llevar al lector a gran velocidad de una situación a otra, dando lugar a una sucesión de impresiones y sentimientos que entretienen, asombran o asustan al lector. No es posible identificarse con los personajes – el tiempo y la forma del relato no se prestan a ello –, pero el lector podrá identificar fácilmente la intención del autor gracias a la claridad de la escritura, a esa fantasía y humor que sirven, de forma límpida, a la demostración moral y filosófica.

VÍAS DE REFLEXIÓN

ALGUNAS PREGUNTAS PARA SEGUIR REFLEXIONANDO...

- Teniendo en cuenta su condición de niña pobre, Pamela, la pastora, muestra un carácter inesperado que la convierte en un personaje especialmente positivo. Amplía esto.

- El Desdichado justifica sus malas acciones diciendo que estar mutilado le da una visión más completa de la realidad. ¿Qué le parece?

- ¿Es el amor o el odio lo que permite la reconstrucción del vizconde? Justifique su respuesta.

- En el capítulo IX, algunos leprosos dicen que "de las dos mitades, la buena es peor que la mala" (p. 110). ¿Qué opina al respecto? Apoya tu respuesta en el texto.

- ¿Cómo ve el autor la guerra en esta obra?

- En su opinión, ¿busca el autor un efecto realista o no? Justifícalo.

- En su libro *Le fantastique*, Gilbert Millet y Denis Labbé proponen definir este género como "lo inconcebible hecho realidad" (*Le fantastique*, París, Belin, coll. « Sujets », 2005, p. 11), que sólo funciona con el asentimiento del lector que acepta lo inverosímil. ¿Cree que esta definición se aplica a "El *Vizconde Despedazado*"?

- Compare el personaje del vizconde Médard con el de Clarimonde en *La Morte amoureuse* (1836), cuento fantástico de Théophile Gauthier (escritor francés, 1811-1872).

- Italo Calvino hace referencia a *La isla del tesoro* de R. L. Stevenson reutilizando el nombre de Trelawney. R. L. Stevenson también escribió *Doctor Jekyll y Mr. Hyde*. ¿Qué semejanzas y desemejanzas puede encontrar entre esta obra y *El vizconde destejido*?

- "¡Doctor! ¡Doctora Trelawney! ¡Llévame contigo! No puede dejarme aquí, doctor" (p. 123), grita el sobrino. Ocupado contando historias, no vio subir al médico. ¿Crees que ésta sigue siendo la reacción del narrador, o es ya la del autor, que, después del esfuerzo de esta historia, también querría largarse antes que trabajar en la siguiente?

PARA IR MÁS LEJOS

EDICIÓN DE REFERENCIA

CALVINO I., *Le Vicomte pourfendu*, París, Albin Michel, coll. « Le Livre de Poche », 1955 (reimpresión 2010).

ESTUDIOS COMPARATIVOS

COLECTIVO, "Italo Calvino", en *Encyclopædia Universalis*, París, 1980.

FUSCO M., "¿Un árbol genealógico?", en *Europa*, n° 815, marzo de 1997.

« Les récits initiatiques », en *cndp.fr*, consultado el 22 de agosto de 2017. http://www.cndp.fr/crdp-creteil/telemaque/comite/initiatique.htm

MILLET G. y LABBÉ D., *Le fantastique*, París, Belin, coll. « Sujets », 2005.

TODOROV T., *Introduction à la littérature fantastique*, París, Seuil, 1970.

¡Su opinión nos interesa!
¡Deje un comentario en la pagina web de su librería en línea,
y comparta sus favoritos en las redes sociales!

Muchas más guías para descubrir tu pasión por la literatura

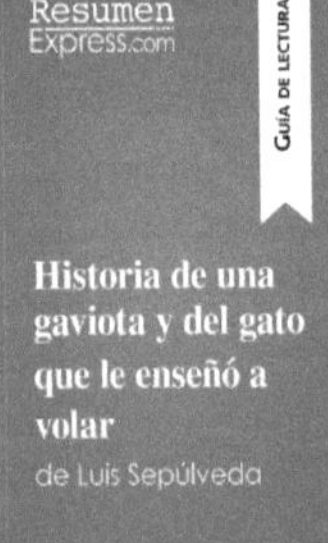

www.ResumenExpress.com

ISBN ebook: 9782808687218
ISBN papel: 9782808698610
Depósito legal: D/2023/12603/1141

Cubierta: © Primento
Libro realizado por Primento, el socio digital de los editores